Les trois petits cochons

Il était une fois trois petits cochons, Nif-Nif, Nouf-Nouf
et Naf-Naf, qui avaient décidé de partir de chez leurs
parents et de se débrouiller seuls. Ils ne pensaient qu'à
s'amuser et après avoir gambadé plusieurs jours dans la
campagne, Naf-Naf, le plus prudent des trois, se rappela
les conseils de leur maman.
" Nous devons chacun nous construire une maison pour
nous mettre à l'abri du froid quand l'hiver arrivera et aussi
pour nous protéger du grand méchant loup ! ", dit Naf-Naf.

Nif-Nif, le plus paresseux des trois, décida de se construire une jolie petite maison en paille.

" Comme cela, elle sera vite terminée et j'aurai tout le temps pour m'amuser ! ", dit-il.

" Oui, mais elle ne sera pas assez solide ! ", dit Nouf-Nouf, qui ajoute : " Moi, je vais m'en construire une en bois ! "

" Et moi, c'est en briques que je vais construire ma maison ! ", dit Naf-Naf. " J'ai bien peur que ni la maison en paille, ni la maison en bois ne soient assez solides pour tenir le méchant loup à l'écart. " Chacun construisit néanmoins sa maison comme il l'entendait …

Mais le lendemain, le grand méchant loup arriva.
Il était affamé et avait très envie de croquer un délicieux petit cochon.
" Sors de là ! ", hurla le loup devant la maison de paille.
" Pour que tu me manges ? Pas question ! ", répondit Nif-Nif.

" Je te ferai sortir, que tu le veuilles ou non ! ", lança
le loup.
Et il se mit à souffler si fort que la fragile petite maison
de paille fut bientôt détruite. Le pauvre petit cochon
n'avait plus qu'une seule chose à faire : prendre la
fuite.

Nif-Nif courut se réfugier dans la cabane
en bois de Nouf-Nouf. Quelques secondes
plus tard le loup arriva, furieux.
" C'est deux petits cochons que je vais m'offrir ! ",
pensa-t-il en se pourléchant. Il tambourina sur la
porte en criant :
" Je vous aurai, vous ne m'échapperez pas ! "
" J'espère que ta maison résistera mieux que la mienne ! ",
dit Nif-Nif très inquiet.

Voyant qu'il ne pourrait pas forcer l'entrée, le loup recula de quelques pas, gonfla ses poumons au maximum et souffla de toutes ses forces. La cabane de bois ne résista pas beaucoup plus longtemps que la petite maison de paille. Elle s'effondra planche par planche et les deux petits cochons se mirent à courir aussi vite qu'ils le pouvaient.

Ils arrivèrent à la maison de leur frère, Naf-Naf.
Juste à temps, car le loup allait les rattraper.
" Entrez ! Vite, vite ! ", cria Naf-Naf. " Je vous avais
bien dit que vos maisons ne résisteraient pas ! "
Le loup était de plus en plus affamé et de plus en
plus en colère. Il essaya d'enfoncer la porte mais
réussit seulement à se faire mal aux pattes.
Naf-Naf rassura ses deux frères : " Nous sommes en
sécurité ici ! Cette maison est très solide. Le loup ne
parviendra pas à la détruire ! "
En effet, le loup ne savait plus quoi faire.
Il avait beau pousser et s'agiter en
tous sens, ni la porte ni les murs
ne bougeaient d'un pouce.

" Je vais souffler si fort sur ta maison qu'elle s'écroulera comme les autres ! ", cria néanmoins le loup, par bravade.

" Tu peux toujours essayer ! ", dit Naf-Naf.

" Ma maison est trop solide, tu n'y arriveras pas ! ".

" On va bien voir ! ", dit le loup. Et il se mit à souffler et à souffler pendant de longues minutes, mais la maison résista. Naf-Naf entrouvrit prudemment le volet et vit le loup qui avait l'air complètement épuisé. Cela amusa les trois petits cochons qui se sentaient à présent parfaitement en sécurité.

Mais le grand méchant loup n'avait pas dit son dernier mot. " Ne croyez pas que je vais abandonner la partie ! ", dit-il. " J'ai beaucoup trop faim ! " Le loup réfléchit. S'il ne pouvait pas détruire la maison, il fallait qu'il trouve le moyen d'y entrer. " Peut-être en me déguisant ? ", se demanda le loup.

" S'ils ne me reconnaissent pas, il y a une chance pour

qu'ils ouvrent la porte ", se dit-il. " Oh, et puis non !
Ils sont trop futés, ils me reconnaîtront ! Il faut trouver
autre chose ! "
C'est alors qu'il aperçut l'échelle dont s'était servi
Naf-Naf pour construire sa maison. " Voilà la solution ! ",
dit le loup. " Je vais passer par la cheminée ! "
Et il grimpa sur le toit.

Le manège du loup n'a pas échappé à la vigilance de
Naf-Naf. " Je crois qu'il est monté sur le toit ! ",
s'écria-t-il.
" Il va sûrement essayer de passer par la
cheminée ! Vite ! ", dit-il à ses frères.
" Il faut faire du feu tout de suite ! "
Le loup qui s'était déjà engagé
dans la cheminée ne parvint plus à
remonter et dut se laisser glisser.
Il atterrit sur les bûches enflammées
et se brûla le postérieur et la queue.
Il poussa un grand cri et s'enfuit à toute
allure par la porte que Naf-Naf avait
laissée volontairement ouverte.

Les trois petits cochons sortirent de la maison pour regarder le loup détaler comme un lapin.
" Ha ha ha ha ! On lui a joué un bon tour ! ", s'écrièrent en même temps les trois frères. Nif-Nif et Nouf-Nouf construisirent également leur nouvelle maison en briques. Et, une fois le travail achevé, ils purent se remettre à jouer, chanter et danser. Quand au grand méchant loup, personne ne le revit plus dans la région.